Gran
dans

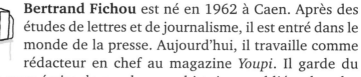

Bertrand Fichou est né en 1962 à Caen. Après des études de lettres et de journalisme, il est entré dans le monde de la presse. Aujourd'hui, il travaille comme rédacteur en chef au magazine *Youpi*. Il garde du temps pour écrire de nombreuses histoires, publiées dans les magazines de Bayard Jeunesse.

Du même auteur dans Bayard Poche :

La série *Victor BigBoum* (Mes premiers J'aime lire)

Les vacances de Crapounette - Crapounette à l'école - Crapounette et le Bébéberk - Crapounette et la tribu inconnue - Crapounette se jette à l'eau (J'aime lire)

Éric Gasté est né en 1969 à Angers. Après avoir fait l'école Estienne à Paris, il devient rédacteur graphiste au *Journal de Babar,* à *Youpi*, puis à *Astrapi* et *J'aime lire*. Il illustre essentiellement des histoires pour les tout-petits et habite désormais à Toulouse.

Du même illustrateur dans Bayard Poche :

Ric la terreur - Sonia la colle - Perdu chez les sorciers - Les apprentis sorciers - La série Victor BigBoum (Mes premiers J'aime lire)

Grande course dans l'espace !

Une histoire écrite par Bertrand Fichou
illustrée par Éric Gasté

mes premiers
j'aime lire
bayard poche

Chapitre 1

Le nouveau

Ce matin, notre maîtresse est entrée dans la classe accompagnée d'un nouvel élève. Un garçon bizarre. Elle dit :

— Je vous présente Bloubi. Sa famille vient de la Galaxie Bleue, très loin d'ici. Maintenant, il va vivre avec nous. Accueillez-le gentiment !

Le garçon baisse les yeux, nous l'obser-
vons tous. Le silence est tel qu'on pourrait
entendre une fourmi sucer du caramel. Je
me penche vers mon copain Moussa :

– T'as vu sa tête ? On dirait une ampoule !
– Oui, tu as raison, rigole Moussa en gri-
maçant pour imiter Bloubi.

La maîtresse se tourne vers nous :

– Moussa, puisque l'arrivée de Bloubi te donne le sourire, tu vas t'installer au fond de la classe et lui laisser ta place.

Oh, non ! Le nouveau sera à côté de moi ! Moussa se lève en soufflant, Bloubi vient s'asseoir sur sa chaise.

– Victor, dit la maîtresse, tu expliqueras
à ton nouveau camarade ce que nous faisons. Il comprend tout, même s'il ne parle
pas encore bien notre langue.

Super ! Me voici devenu la nounou d'une
ampoule ! Autour de nous, les copains
ricanent. J'ai trop la honte.

À la récré, Moussa me rejoint, très énervé :

— À cause du nouveau, je suis au fond ! Je le déteste !

J'observe Bloubi qui se tient seul, à l'écart. C'est étrange, je suis triste pour lui. Je ne sais pas pourquoi.

Tout à coup, Attila, Alain et Alaric, les trois plus grands de l'école, l'entourent et le bousculent :

— Hé, toi, lance Attila, ne nous regarde pas avec ces yeux de crapobulle ! On est les chefs de la cour, et on ne veut pas de toi ici.

Bloubi ne comprend pas ce que disent ces imbéciles. Moi, je ne me sens pas bien.

— Tu ne sais même pas parler, continue Attila, alors tu resteras près de la classe des petits. Et t'as pas intérêt à bouger, face d'OVNI !

C'est vrai que Bloubi ne nous ressemble pas, mais ce n'est pas une raison pour l'embêter. D'ailleurs, quand il est arrivé dans la classe, je n'aurais pas dû le traiter de tête d'ampoule, c'était nul. Peut-être que lui, il trouve que c'est nous qui avons une drôle d'allure… Sans réfléchir, je prends un air mauvais et je crie :

– Laissez-le tranquille !

Moussa me regarde avec des yeux ronds :
j'ai osé donner un ordre à Attila ! La grosse
brute se tourne vers moi. *Gloups !*

— Qu'est-ce que tu as dit ?

Je bredouille :

— Heu… ben… fichez-lui la paix, quoi, il
ne vous a rien fait…

Attila grince des dents :

– Écoute, tronche de pou, on va régler ça à la sortie. Rendez-vous avec ta bande : on prend nos vélos de l'espace et on fait la course jusqu'à la planète boulangerie. Les perdants n'auront plus le droit de mettre un pied dans la cour des grands.

Et Attila part announcer à tout le monde que, ce soir, il y aura du spectacle…

Bloubi me dit :

– *Belci.*

Ça veut sans doute dire « merci ». Moussa est tout pâle :

– Alors là, bravo, tous les deux ! Attila et ses copains sont beaucoup plus forts que nous, leurs vélos sont bien plus rapides. Ce soir, on va être ridicules, et on passera le reste de l'année dans le coin des bébés !

Il n'a pas tort. On s'est mis dans la crotte.

Chapitre 2

Sabotage !

Nous sommes retournés en classe, mais je n'écoute rien. Toute la journée, je pense à la course. Quand la sonnerie retentit, les copains nous jettent des coups d'œil d'encouragement, puis ils se pressent vers la sortie. Moi, je croise les doigts pour que la maîtresse me demande de balayer la classe, de repeindre la porte, de faire n'importe quoi... pourvu que je ne puisse pas sortir d'ici !

Moussa est si effrayé qu'il a l'air d'un petit nono à bec mou poursuivi par une meute de claque-dents affamés. Il me dit tout bas :

— Peut-être qu'ils ont oublié ? Peut-être qu'ils sont rentrés chez eux ?

Je soupire. Bien sûr que non, ils n'ont pas oublié…

Moussa insiste :

– Et si le nouveau y allait tout seul, à cette course ?

Je le regarde en fronçant les sourcils, il baisse la tête. Bloubi nous attend près de la porte.

La maîtresse nous a mis dehors. En arrivant au garage, nous croisons Attila, Alain et Alaric qui en sortent avec leurs machines : de vrais vaisseaux de pirates ! À côté, nos trois vélos ont l'air minables.

Celui de Moussa est vieux, et trop petit pour lui.

– Oh non ! s'exclame-t-il, ma chaîne est cassée !

Bloubi attrape le sien, on dirait un tas de ferraille rapporté de la planète poubelle.

– *Bloubi bon bélo*, me dit-il joyeusement.

Mais son sourire se transforme aussitôt en grimace, quand son guidon lui reste entre les mains. Je hausse les épaules :

– Très solide, ton « bon bélo »…

J'attrape le mien, pour constater avec horreur que l'axe du pédalier est tordu ! Je ne peux plus avancer !

Nos trois machines hors service en même temps ? Impossible ! Quelqu'un les a sabotées… Attila et ses complices, bien sûr !

– Catastrophe ! s'écrie Moussa. On ne peut pas faire la course ! On va passer l'année avec les petits. C'est à cause de toi, Bloubi. Ça ne serait pas arrivé si tu étais resté dans ta Galaxie Bleue !

Je soupire :

– Ce n'est pas à cause de Bloubi, c'est à cause d'Attila. Mais on ne peut pas prouver que c'est lui qui a abîmé nos vélos. On a perdu, les gars…

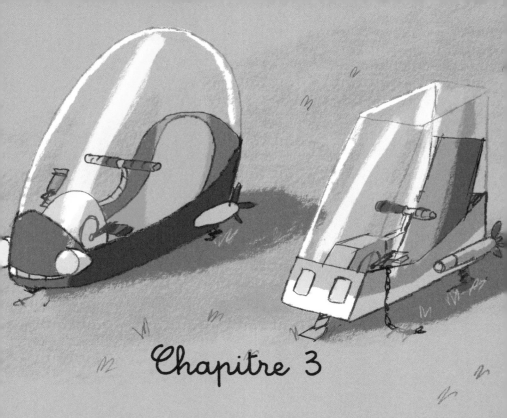

Chapitre 3

Le super bricoleur

Soudain, Bloubi attrape nos trois cartables et les vide par terre. Je proteste :

— Qu'est-ce que tu fais ?

Avant que nous ayons eu le temps de réagir, il fouille dans nos affaires.

— Il est fou ! proteste Moussa.

Mais mon petit doigt me dit qu'il faut le laisser tranquille :

– Non, Bloubi n'est pas fou. Il cherche quelque chose…

Et il le trouve.

– *Ba bloblème,* bredouille-t-il en brandissant un stylo en métal, un petit trombone qui traînait dans ma trousse, et un bout de couverture arraché à un cahier.

– Mon cahier de calcul ! s'énerve Moussa. Ça ne tourne pas rond dans ta tête d'ampoule, ou quoi ?

Bloubi lui arrache son vélo des mains et, en quelques secondes, raccroche sa chaîne avec le trombone. Puis il démonte mon pédalier et remplace l'axe tordu par le stylo. Enfin, il attrape son guidon, enroule le bout de carton sur le tube et le renfonce de toutes ses forces. Il nous sourit :

– *Boilà, ba bloblème.*

Alors là ! Moussa et moi, on ne sait plus quoi dire. Nos trois vélos sont réparés !

– Où as-tu appris à bricoler comme ça ?

– *Baba à moa, blicoleur. Bon baba a bli-colé bon bélo !*

– C'est ton papa qui a bricolé ton vélo ? s'exclame Moussa. Vous êtes tous comme ça, dans la Galaxie Bleue ?

Tout à coup, une voix retentit dans la cour :

– Alors, les cloportes, vous abandonnez ? Ha ! Ha ! Ha !

C'est Attila.

Moussa hoche la tête et donne une petite tape dans le dos de Bloubi. Nous nous regardons, tous les trois : nos yeux lancent des étincelles. Ils vont voir ce qu'ils vont voir, ces tricheurs ! Nous enfourchons nos montures et nous filons à la grille.

Houlà ! Je n'ai jamais vu autant de monde devant l'école ! Attila, Alaric et Alain échangent des coups d'œil, surpris que nos vélos fonctionnent. Tu m'étonnes… Attila reprend ses esprits :

— Hé, les mollusques, voici le parcours : on fonce jusqu'à la planète boulangerie, on en fait le tour et on revient ici. Le premier qui arrive devient le chef de la cour. Prêts ?

Je suis tellement en colère que je pourrais m'attaquer tout seul à un troupeau de bufflons de l'espace !

Nous nous mettons en ligne. Tous les copains nous encouragent. Moussa et moi, on se regarde comme si c'était la dernière fois qu'on se voyait. J'ai mal au ventre, et les battements de mon cœur font trembler ma machine… Bloubi, lui, semble plus tranquille. Je ne sais pas comment il fait.

Attila donne déjà le départ :
– Attention… 3, 2, 1…
Et il s'élance !
– PARTEZ !

Chapitre 4

Une course acharnée

ON FONCE !

Au bout de quelques secondes, Attila a pris la tête. Normal, il est parti avant tout le monde. Je le suis de près, avec Bloubi à mes côtés. C'est incroyable ! Le vélo de mon nouveau copain semble vouloir se désintégrer à chaque coup de pédale, mais non, il tient bon… Derrière, Moussa colle aux fesses d'Alain et Alaric. Cap sur la planète boulangerie !

Attila se retourne sans arrêt pour voir s'il me sème. Il croit peut-être que je vais lui laisser une victoire facile ? Eh bien, il rêve ! Nous déboulons devant la boulangerie comme une horde de motards de l'enfer. Bloubi a perdu du terrain, Attila zigzague devant moi pour m'empêcher de le doubler. Et *bing* ! il me cogne pour me faire perdre le contrôle ! *Bang* ! je donne un coup de guidon pour me remettre dans la bonne direction... Et *bing* ! Et *bang* ! Attila hurle en me poussant, je serre les dents. Je veux qu'il se souvienne de moi comme d'un Victor en colère !

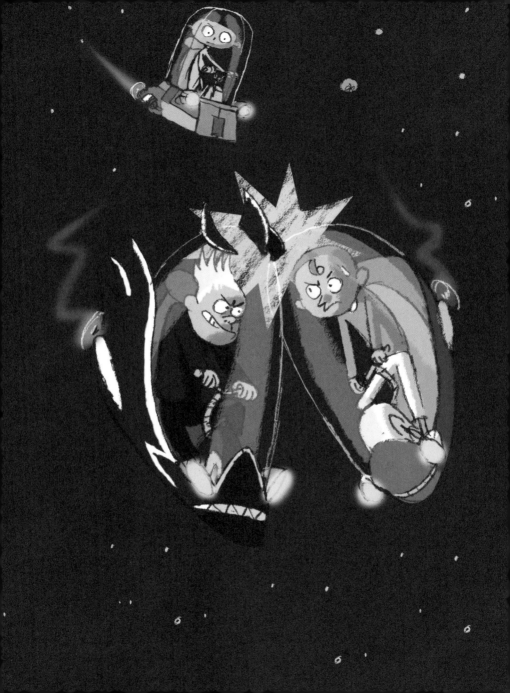

Nous faisons le tour de la planète boulangerie au coude à coude, les coques de
nos vélos grincent l'une contre l'autre.
Quand nous reprenons la direction de
l'école, surprise ! Bloubi est passé devant !
Nous étions tellement occupés à lutter
qu'il en a profité pour nous doubler !

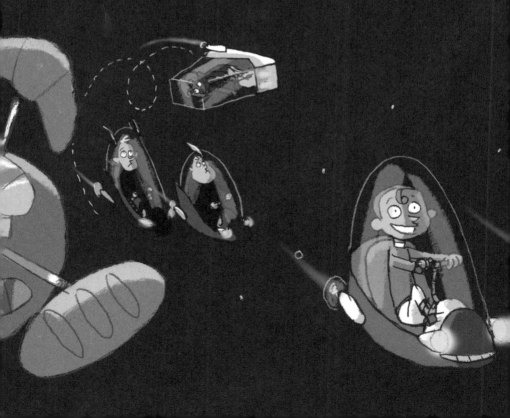

Attila devient tout rouge et accélère en tirant la langue. Moi, j'ai envie de hurler de joie ! Bravo, Bloubi ! Derrière, Moussa fait des pirouettes autour d'Alain et Alaric pour les étourdir. Bravo, Moussa !

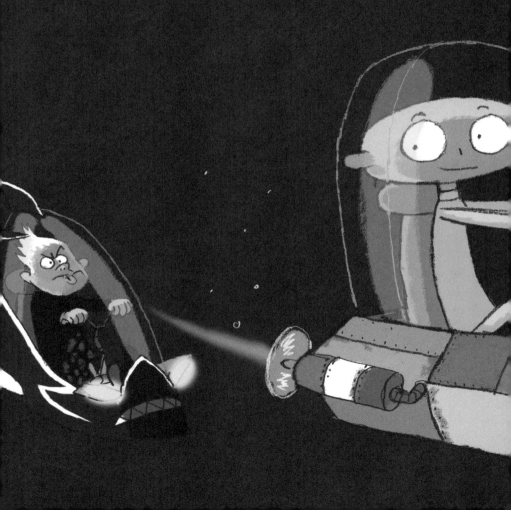

Quelques secondes plus tard, nous passons la ligne d'arrivée : Bloubi en tête, Attila et moi juste derrière, et enfin Moussa, Alain et Alaric. Tous les élèves de l'école nous acclament. Je crois qu'ils sont trop contents que nous ayons donné une leçon à Attila et à sa petite bande… Nous sortons de nos postes de pilotage. Avec mes deux copains, nous ne sommes plus qu'un gros paquet de joie ! Bloubi a gagné !

Attila donne des gifles à Alain et Alaric en
disant que c'est de leur faute s'il a perdu.

C'est bien la première fois que je le trouve drôle ! Je demande à Bloubi :

— Maintenant que tu es le chef de la cour, qu'est-ce que tu décides pour eux ?

Bloubi réfléchit quelques secondes et annonce :

– *La coul est à tout le bonde !*

– *Houlla poul Bloubi !* crient tous les copains de la classe.

– Alors là, Bloubi, tu as été brillant ! dit Moussa, et il lui fait la grimace de la tête d'ampoule, mais avec un gros clin d'œil, cette fois.

Je crois qu'on va bien s'amuser, tous les trois…

Retrouve ton petit héros de l'espace
dans

Les aventures de
Victor BigBoum

Victor veut un animal
Une journée avec Papa
Le jeu qui fait peur
Des croquettes trop vitaminées…
Sur la planète des vacances
À bord du sous-marin jaune
Au pays des groglous sauvages
Grande course dans l'espace !

Achevé d'imprimer en 2009 par Pollina S.A.
85400 LUÇON - N° Impression : L50612B
Imprimé en France